影子不上學

管家琪⊙著 曹俊彥⊙圖

【總序】一切都從修身開始／管家琪

「成人成材」——這應該是所有成年人對孩子們最普遍的期待了。

每個人的資質有高有低，實際上，在各行各業中出類拔萃的人永遠都是鳳毛麟角，不可能要求學鋼琴的孩子都能成為莫札特，學繪畫的孩子都能成為畢卡索，或者當孩子稍微表現出對科學的興趣就期望他能成為「第二個居里夫人」，看見孩子喜歡玩積木、喜歡玩蓋房子就巴望他能成為「第二個貝聿銘」，甚至看到孩子們老是坐在電腦前也會夢想「他會不會是『第二個比爾‧蓋茲』？」

要求每一個孩子將來都能成為棟梁之材是不現實的，但我們卻完全可以期待孩子將來能成為一個有用的人，首先要身心健康，腳踏實地，絕不成為社會的負擔，進而盡自己所能，有多少能力就出多少力，來服務他人，為促進國家

社會乃至全世界的進步，作出自己的貢獻。

　　誠實，尊重，責任，勤勞⋯⋯許多傳統的價值觀永不過時。每一個社會就組成分子的資質來說都是呈金字塔的結構，真正出類拔萃的人畢竟是少數，可是對於大部分的人來說，只要人品正派高尚，就算不是那麼優秀那麼傑出，也完全無損於我們存在的價值。

　　相反地，如果一個人人品卑劣，絲毫不懂得也不屑於遵守做人基本的道理，未能「成人」卻僥倖「成材」，這反而是社會的一場災難！

　　「修身、齊家、治國、平天下」──這絕不是老生常譚，而是很有道理的。不管我們懷抱著多大的理想，一切都該從「修身」開始。

　　這三木書，每一木都是由一個中篇童話再配上插畫家的精心創作，我們非

常期待能成為大朋友和小朋友共同欣賞的書籍。每一個故事都有一個隱藏的核心價值觀，但不是表現得那麼明顯，也沒有硬塞進什麼大道理。這個世界最不缺乏的就是一堆空洞的大道理了。我們只是希望能提供大朋友和小朋友一個交流的話題，期待大家在看故事、欣賞圖畫的同時，也能引發一些聯想和思考。

　　閱讀本來就是能夠怡情養性，透過潛移默化，讓我們知書達理。儘管知易行難，但只要有心，慢慢總可以做到的。

【寫給大朋友】 責任的力量是巨大的／管家琪

　　每一個人都是身兼著好幾種不同的角色：既是人家的子女，又是人家的父母，既是勞動者又是消費者……特別要強調的是，並不是只有按月能領到薪資才叫作勞動者，那些終日忙碌於客廳、餐廳、廚房，沒有薪資、沒有年休假更沒有退休金的家庭主婦，也是可敬的勞動者。她們未必會很喜歡很滿意自己的生活，如果時光倒退十幾二十年，不少人很可能不會願意過現在這樣的日子；她們或許也曾想過離開，但絕大多數都還是選擇了留下，其中很大一部分原因就是出於一種強烈的責任感。

　　很多家庭實際上就是靠著這樣的責任感在維繫著。

　　「責任」的力量是巨大的。所謂「千里之行，始於足下」，「萬丈高樓平地起」，只要能扎扎實實做好自己分內的工作，盡心盡力做好手邊的事，然後

長期堅持下去，有一天驀然回首，一定會很訝異原來自己也做出了一點成績，也做了不少事。

　　有責任感的人不可能是懶惰的人，而只要勤勞，只要認真做好眼前的事，其實就是在為未來做準備。那些如今在各行各業飛黃騰達的人，很多人最初都並沒有想到自己有一天會如此輝煌，一開始都只是基於興趣，以及一種責任感和一種認真的做事態度，然後在冥冥之中彷彿是順理成章的走出自己的人生坦途。

　　責任感是可以培養的，而且和一切良好的生活習慣一樣，應該從小培養。

【寫給小朋友】擁有一份責任感／管家琪

　　「好逸惡勞」，簡單來說，就是「喜歡玩，喜歡享樂，而不喜歡辛苦，不喜歡工作」，這本來是一般人的天性，可是這種天性無論是對於我們個人，對於國家社會，乃至於整個人類文明的進步，都是有害的。

　　要克服這種天性的一大「利器」，就是責任感。

　　比方說，如果老師分配給你一項任務，要你照顧一盆植物，也許你原本也覺得很麻煩，但如果你想完成這項任務，甚至還想完成得很出色，你自然就會記得為它澆水，經常去看看它，並且主動查找相關資料，或向人請教。這麼一來，就算是原本對於園藝並沒多大興趣的你，仍然可能把那盆植物照顧得很好。

　　責任感會激發我們的積極性，趨使我們不斷的前進。只要有責任感，明白

哪些是自己分內的事情，並且盡可能做好，就算你現在年紀還小，對於未來還懵懵懂懂說不清楚，但是等到有一天機緣來了，你就很有機會能緊緊地把它抓牢。

而在一個社會中，如果人人都能對屬於自己分內的事擁有一份責任感，這必定就是一個充滿活力與希望的社會，就沒什麼好讓人擔心的了。

【繪者的話】／曹俊彥

為《影子不上學》作插畫時⋯⋯

　　為《影子不上學》作插畫時，想起以前為幼兒編書時，曾經和編輯同仁，討論過的一些有趣的話。

　　影子是光線被物體擋住後，將物體的形狀投射在光線最後的落點上，而形成的。隨著物體角度的變換，影子的輪廓也會改變形狀。散漫的光投射出來的影子輪廓會有點兒模糊。一般的印象影子都是黑色的，其實受到其他光源或其他物體反射光的影響，影子有時候是彩色的。這種情形，在多重色光投射的舞台上常常可以看到。

　　看過水裡的倒影嗎？倒影雖然有個「影」字，它的成像卻與「影子」無關，而是和鏡子裡影像的形成是相同的原理，它的成像原理比影子複雜多了，

這本書裡所說的影子應該是指在太陽底下或燈光下所形成的影子。

　　影子投射在不同標的物上，也會變形，比如在階梯上，便會隨階梯變成打摺的形狀。最近，在東京有藝術家將各種不同形狀的物體嵌在建築物的大牆面上，配合太陽光的角度變化，在牆面上投射出變化無窮的影子圖案，為經過的路人帶來視覺樂趣。《影子不上學》需要我的照片，我想既然是影子的故事，也就交一張黑紙剪影吧！剪影像看起來比較年輕，因為白髮的影子也是黑的。

【繪者小檔案】**曹俊彥**，1941年生於台北大稻埕。台北師範藝術科畢業。曾任小學美術教師、廣告公司美術設計、教育廳兒童讀物編輯小組美術編輯、信誼基金出版社總編輯、童馨園出版社與何嘉仁文教出版社顧問、小學課本編輯委員、信誼幼兒文學獎等評審，以及《親親自然》雜誌企畫編輯顧問。插畫、漫畫及圖畫書作品常見各報章雜誌，近期著力於圖畫書之推廣，特別關心國人作品之推介。

得獎紀錄

1981年榮獲教育廳金書獎（最佳插畫）

1983年榮獲行政院新聞局金鼎獎（《白米洞》圖畫書）

1985年榮獲教育廳金書獎（最佳插畫）

1990年榮獲中國畫學會插畫金爵獎

1991年榮獲第四屆中華兒童文學獎（美術類）

1995年榮獲兒童文學貢獻獎（信誼基金會）

代表作品

■《小紅計程車》省教育廳 1965 ■《冒氣的元寶》省教育廳 1968 ■《小黑捉迷藏》信誼基金會 1979 ■《龍來的那一年》省教育廳 1982 ■《聚寶盆》信誼基金會 1982 ■《白米洞》信誼基金會 1983 ■《走金橋》信誼基金會 1985 ■《一年一年十二月》親親 1987 ■《蛇精與龜精的恩怨》民生報 1988 ■《嘟嘟嘟》童馨園 1988 ■《上元》省教育廳 1991 ■《水牛奧奧》巨龍 1993 ■《一把小雨傘》光復 1993 ■《赤腳國王》信誼基金會 1995 ■《偷牛的人》佛光 1995 ■《影子不上學》幼獅文化 2007

影子不上學

「為什麼每天都要上學啊？」

一大清早，一個小男孩一邊打著呵欠一邊問身旁的哥哥。

小哥哥說：「廢話！因為我們是小孩啊，小孩都要上學的。」

「為什麼大人就不用上學？」

「大人不上學，可是大人要上班。」

「那——為什麼媽媽不用上學也不用上班？還是媽媽好！可惜我是
男生，要不然我也要當媽媽！」

「你神經啊？媽媽在家才辛苦呢。」

「怎麼會呢？我們每天放學回家的時候，她差不多都在看書聽音
樂，有時候還在看電視，我覺得媽媽在家一定很舒服。」

「你的口氣怎麼跟爸爸一樣？其實媽媽每天在家都做了很多事啊，可是爸爸老以為她在家裡什麼也沒做。」

「你怎麼知道？你不是跟我一樣在學校？」

「有一次，爸爸出差，媽媽生病，只好我來洗衣服、曬衣服、拖地板、買便當，哎，別提有多辛苦了！」

「真的？我好像都忘了？」

「所以你和爸爸一樣沒良心嘛！──不是啦，那個時候你還小，當然不記得了。」

走著走著，兄弟倆已來到學校。

小男孩嘟著嘴說：「所以，講了半天，反正我們每天都要上學就是

了？」

「對啦，而且又不是每天上學，一個禮拜只要上五天，已經很好了啦！媽媽說，每個人都該做好自己的事，我們小孩的事就是上學！懂了沒有？」

走進學校大門的時候，小男孩還在嘟嘟嚷嚷：「唉，真不想上學……」

小兄弟一路的談話都被他們身後的影子聽得清清楚楚。

影子弟弟說：「原來上學是小孩的事！我們只是小孩的影子，上學應該和我們沒什麼關係吧？」

「嗯，聽起來好像是這樣——」影子哥哥說。

影子弟弟非常高興。

「既然沒關係，那我就不上學嘍！」說完，影子弟弟就興高采烈地一溜煙跑了。

「噯，等等我──」影子哥哥沒有多想，馬上也跟著跑了。

他們是影子，跑得很快，沒一會兒就來到附近一個公園。

公園裡空空蕩蕩的──這是當然的啦，因為在這個時候小孩子都去上學啦，他們的爸爸媽媽也都上班或忙別的事去了，公園裡只有一些晨練的老先生和老太太，和他們平常來的時候所看到的情形大不相同。

平常他們有機會來的時候，都是在周末假日，公園裡總是擠得要命，小孩子們想要放個風箏呀騎個腳踏車啦都非常困難，地上的影子們

更是都擠成一團，甚至還會層層交疊，苦不堪言。

現在，公園裡沒什麼人，影子兄弟倆可以盡情地跑跑跳跳、蹦上蹦下，玩得好開心。

影子弟弟高興地說：「哈哈，太棒啦！不上學真好，早知道咱們可以不用上學，我早就不上學了！不過──」

他想了一想，又說：「幸好是今天發現，今天有體育課，我最討厭上體育課了！」

「可是——」影子哥哥愣愣地問：「我們現在這樣，跟上體育課有什麼不同？」

影子弟弟一時也答不上來，只好含糊其詞：「哎呀，當然不同啦，這跟上體育課怎麼會一樣嘛——咦？」

他忽然看到一個熟悉的人——居然是媽媽！

媽媽居然坐在一棵大樹附近的一個公園椅上看書呢，還戴著耳機，顯然是在聽音樂。

「媽媽！是媽媽耶！」影子弟弟嚷嚷著：「哇，媽媽實在太舒服了！」

「媽媽怎麼會在這裡？」影子哥哥很懷疑，「你會不會看錯了？我

23

看好像不太像嘛。」

　　這也難怪，由於他的主人有點近視，所以他的視力也不怎麼樣。

　　「沒錯啦，就是媽媽，走，我們過去找她。」影子弟弟回答得非常

肯定。儘管他看到的是媽媽的側面，但他還是看得非常清楚。

　　兄弟倆「咻！」的一聲，就來到媽媽的身邊，正想要叫媽媽——

　　「噓——」一個聲音制止了他們。

　　仔細一看，原來是媽媽影子。

　　「別吵她，她正在休息。」媽媽影子說。

「休息？」影子弟弟覺得很奇怪，「那她幹麼還要看書？」

「因為她喜歡看書嘛，所以對她來說，看書就是最好的休息。」媽媽影子說：「對了，你們怎麼會在這裡？你們現在不是應該在學校嗎？」

「呃，我們——我們——」影子哥哥結結巴巴地說：「我們去過了，然後——然後——」

「然後我們決定不上學了！」影子弟弟搶著說。

影子哥哥看了影子弟弟一眼，覺得弟弟真勇敢；儘管他知道弟弟的勇敢多半是出於天真和單純——弟弟似乎壓根兒就沒想到媽媽聽了很可能會生氣。

幸好媽媽影子沒有一下子就凶起來，反而問他們：「是今天不上學還是永遠不上學？」

　　在這樣的「選擇題」面前，影子兄弟倆很有默契地異口同聲回答道：「只是今天不上學。」

　　他們都猜想，只是一天不上學，媽媽應該還能接受吧？不會罵他們吧？

　　沒想到，媽媽影子居然說：「今天不上學無所謂呀，反正今天是禮拜天。」

　　原來媽媽影子弄錯了！其實今天是禮拜一呀！

　　不過，影子兄弟倆都覺得沒什麼必要去提醒媽媽影子。

27

媽媽影子指指自己的主人，「她一直希望在禮拜天的早晨，來公園曬曬太陽，然後，看看書，聽聽音樂……」

　　說到這裡，媽媽影子停了下來，歪著頭，好像是在思索什麼。

　　影子兄弟倆都靜靜地等著。

　　媽媽影子好像嘆了一口氣──說「好像」，是因為影子的嘆氣是完全無聲無息的，只能憑姿態來判斷。

　　媽媽影子幽幽地說：「就像從前一樣。」

　　從前？影子哥哥心想，那一定是很久很久以前了吧，至少在他印象中，禮拜天的早晨，他們的主人幾乎都在賴床，好像不曾來過公園。

這麼一想，影子哥哥就覺得難怪媽媽影子會弄錯，以為今天是禮拜天了。

　　「那你們今天打算要做什麼呢？」媽媽影子又問。

　　影子弟弟搶著說：「當然是到處玩呀！」

　　影子哥哥卻說：「我倒是待會兒就想回學校去了。」

　　「啊？為什麼？」影子弟弟很意外，「我們一起玩嘛！」

　　影子哥哥說：「我覺得玩得差不多了呀，老這麼在外面玩也沒什麼意思啊，而且我們今天也有體育課，我倒是很喜歡陪主人一起上體育課。」

　　這時，媽媽影子說：「是啊，有你們的陪伴，你們的主人會更有精

神，不過——」

她看著影子弟弟，緩緩地說：「如果你真的那麼想到處去玩到處去看看，你就去吧！只是不要去太久，我聽說影子是會再生的，如果你離開主人身邊太久就回不去了。」

「可是——『太久』是多久呢？」影子弟弟問。

這個問題令媽媽影子感到很為難，「說真的，我真的不知道，甚至有關影子會再生也只是我聽說的，我也不知道是真是假？因為——我從來就沒有離開過——」

「那妳就跟我一起出去玩吧！」影子弟弟說。

「不，我想陪著主人，我怕她一個人太孤單了。」

現在，影子弟弟必須作出一個決定——既然媽媽影子和影子哥哥都不願離開，他就只好一個人去了，要不然就是他也放棄⋯⋯

影子弟弟想了一會兒，「我還是想出去看看。」

媽媽影子沉默許久，平靜地說：「那就去吧，記得回來啊！」

「別跑得太遠啊！」影子哥哥也充滿關心地叮嚀著。

「可是我就是想去遠一點的地方呀，愈遠愈好！」影子弟弟在心裡這麼想，但是他沒說出來，免得媽媽影子和影子哥哥擔心。

於是，在告別了媽媽影子和影子哥哥之後，影子弟弟一眨眼就不見了。

影子弟弟飛呀飛呀，很快就飛離了主人所居住的城市，來到一座高山。

影子弟弟停下來，心裡感到非常糊塗，不知道自己怎麼會突然就到了山上。

這時，有一大堆聲音同時嚷嚷著：

「看哪，來了一個影子！」

「還是一個小孩的影子！」

「真不簡單，一個小孩的影子居然敢這樣到處亂跑！」

原來，是一片樹影。

影子弟弟心想，他們看起來挺友善的，正好可以向他們請教一下。

他正在想該如何請教，還來不及開口呢，樹影們又說話了：

「你是從哪裡來的呀？」

「頭一回自己出門嗎？」

「怎麼會想到要自己出來呢？」

影子弟弟一時不知道該如何回答。

「你們都是這樣一起說話嗎？」影子弟弟問。

這回樹影們總算是齊聲說道：「那當然，因為我們是樹影嘛！」

「那──好吧，我只好一起回答了，」影子弟弟說：「我也說不清

我是從哪裡來的，我是頭一回自己出門，我覺得想出來看看所以就出來

了，還有──」

他沒忘記自己的問題：「我想請教一下，

我怎麼會突然就來到了這裡？」

樹影們又七嘴八舌地說：

「因為你是影子呀！」

「咱們影子是最自由的！」

「你想去哪裡就可以去哪裡！你想去哪裡呢？」

影子弟弟一下子就被問住了，只得老老實實地說：

「去哪裡呀──其實我也沒想過要去哪裡──」

樹影們說：

「還沒想好你怎麼就敢出來啊？」

「你仔細想一想，最初你是怎麼想的？」

「你絕對會有一個想法，要不然是不可能離開你的主人的。」

影子弟弟認真地想了一會兒，「我就是想到外面看看，而且愈遠愈好。」

樹影們說：

「這就對了呀！」

「所以你才會跑到這裡來了。」

「你還可以去更遠的地方呢！」

「真的？」影子弟弟很高興，隨即又問：

「既然這麼方便，你們怎麼就不想出去看看呢？」

樹影們說：

「我們當然也想出去看看啦！」

「等我們討論好到底要去哪裡的時候，我們或許也

會出去走走的。」

「我們一定得先討論好要去哪裡才能走啊，畢竟我們都

得一起行動，否則萬一走丟了一個怎麼辦？」

「既然如此，那你們慢慢討論吧，我要走了。」影子弟弟說。

他急著要走。一方面是想趕快正式展開自己的旅程，另一方面也是

覺得這樣老是同時

跟好幾個樹影說

話，實在是太累啦。

影子弟弟就這樣離開了這片樹影。他走得過於匆忙，連一些重要的問題都忘了請教清楚，譬如說，影子究竟會不會再生？又是多久之後會再生？……

這片樹影對影子弟弟倒真是挺熱情的，影子弟弟早就消失得不見蹤影啦，他們還在不斷招手不斷說著：「再見，再見！一路小心啊！」

影子弟弟來到了一個陌生的城市，街頭擠滿了人和他們的影子，擁擠得不得了，簡直是令他喘不過氣來。

41

他趕快從街頭退了出來，閃進了巷子。

就在一條窄窄的巷子裡，影子弟弟看到一個又瘦又高的影子，正孤單地立在牆角，仰望著天空。

看到同伴，影子弟弟非常高興，馬上上前主動打招呼：「嗨，你也是一個人出來旅行嗎？」

那個影子低頭看了一看影子弟弟，奇怪地問：「旅行？不不不，你怎麼會這麼想？難道你看不出來？我是在辦公啊！」

「辦公？」影子弟弟也學著那個影子的樣子抬頭看看天空，但看了半天也沒看出什麼名堂，只

得又問：「辦什麼公呀？你幹麼要一直盯著天空呀？」

「天空？你怎麼會以為我是在看天空？天空有什麼好看？我是在看我公司的財務報表呀！你瞧瞧，這份財務報表實在是太偉大、太輝煌、太驚人了！由於業績一直這麼不可思議地迅速成長迅速成長，我不得不製作這麼一個超大超高的圖表來表示……嘿嘿嘿嘿，我真是天才！把公司經營得這麼棒！不過——這種痛快，像你這樣的小鬼是不會懂的啦！」

影子弟弟是不懂，努力又看了半天，還是什麼也看不到。

「對了，」那個影子突然問道：「你這個小鬼怎麼會跑到我的辦公室來了？」

「辦公室？我不明白你在說什麼？這裡明明只是一條巷子啊！」

「巷子？」那個影子叫了起來：「不可能！你一定是弄錯了！這裡明明是我的豪華超大辦公室，怎麼可能是巷子——」

他的話還沒說完，一個花盆從天而降，砸到了地上——就掉到他所站的地方；幸好他是一個影子，如果他是一個活生生的人，不被砸得頭破血流才怪。

兩個影子都默默注視著地上破碎的花盆，和那株原本是待在花盆裡的文竹。影子弟弟抬頭看了一看，看到一隻貓咪剛剛走過五樓的窗台。顯然這盆文竹方才就是被那隻貓咪從窗台碰下來的。

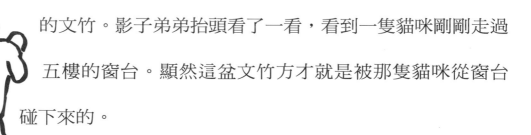

影子弟弟小心翼翼地說：「你看，我們是在巷子裡。」

那個影子愣了半晌，大聲說道：「我知道是怎麼回事了！」

他低下頭來以非常認真的口氣對影子弟弟說：「你看到的不是我，真正的我現在正坐在我那豪華超大的辦公室裡，擬訂一份完美的企畫書……」

他語無倫次，嘮叨個沒完。影子弟弟愈聽愈莫名其妙，愈聽愈沒有興趣。

這也難怪，原來這個又高又瘦的影子本來就是一個幻影啊。

影子弟弟正著急地想著該如何脫身，幸好，「救兵」來了——又

來了一個幻影！

這個幻影是飄著過來的；他原本是住在某一位姑娘的心房，承載著姑娘的一片深情，但是由於這份感情缺乏真實的基礎，這個幻影也就只能用飄忽不定的方式來行走。

愛情幻影看見事業幻影，頓生憐憫之情，喃喃自語道：「可憐，又是一個空想家。」

空想家和夢想家是孿生兄弟呀，前者是「只說不做」，或者根本弄錯了方向，最終自然是一事無成。

愛情幻影對影子弟弟說：「孩子，讓我來開導和安慰他，這些大人的苦惱你不

會明白的，你該做什麼就做什麼去吧。」

影子弟弟求之不得，立刻用最快速度離開了這兩個幻影。

影子弟弟來到這座城市的另外一頭，在一大片漂亮的別墅附近，在一排灌木叢的後面，看到有一個黑影蹲在那兒，但不時抬起頭來朝著別墅那兒東張西望，看起來好像很著急又很擔心。

影子弟弟又主動向那黑影打招呼，但是才剛開口哪，黑影就嚇得立刻鑽進了灌木叢。

「你怎麼啦？」影子弟弟也被黑影的反應嚇了一大跳；他從來不知

道自己有這麼可怕。

等黑影確定跟自己打招呼的只不過是一個小孩

的影子，這才慢慢從灌木叢出來，邊動還邊低呼著「好痛！好痛！」

等到完全出來了，黑影似乎很不高興，瞪著影子弟弟，低低地抱怨道：「你這個小孩是怎麼回事？突然就這樣叫我，要嚇死我啊？」

影子弟弟不由自主地壓低了嗓門，低低地道歉：「真是對不起啊，我不知道這樣會嚇到你。」

「哼，算了，算了。」黑影煩糟糟地嘟囔著，隨後又開始探頭探腦。

「你是不是在玩躲貓貓呀？」影子弟弟問。

黑影又瞪著影子弟弟，凶巴巴地低吼一聲：「你有病呀？我又不是小孩子，玩什麼躲貓貓？」

「那你幹麼好像很怕被別人發現的樣子？」

「咦，臭小子，你是在諷刺我嗎？」

「諷刺？怎麼會呢？」影子弟弟急急忙忙地解釋著：「我只是——只是很好奇而已嘛。」

影子弟弟本來還想說「我想跟你們一起玩躲貓貓」，可是看黑影這麼凶，話到嘴邊還是嚥下去了。

黑影看著影子弟弟看了老半天，凶凶的眼神漸漸柔和起來。

「好吧，看你這小子並不壞，我就告訴你好了——」黑影說。

實際上，他的心理負擔很重，壓力極大，也早就想要找人傾訴一下啦。

「是這樣的——」黑影艱難地開口了，「我——我是被主人不小心

搞丟在這裡的——」

「不小心搞丟？」影子弟弟一頭霧水，「這是什麼意思啊？」

原來，黑影的主人是一個賊，昨天晚上來這片別墅區行竊，因為行跡敗露，什麼東西都還沒有偷到便落荒而逃，跑到這排灌木叢的時候不小心摔了一跤，但他用最快速度——快到沒有發覺自己的影子還沒爬起來——然後就一溜煙地跑了。

這個可憐的影子便在原地癡癡地等著，巴望主人今天晚上還會在這附近出現，這樣就可以把他撿回去。

黑影的膽子本來就很小，主人不在身邊，他的膽子就更小，當一大清早太陽升起的時候，他原本是想躲在灌木叢裡，比較隱密，無奈擠在

灌木叢裡十分難受，他只好蹲在灌木叢後面，不時朝別墅那兒東張西望，看看主人出現了沒有？

這也就難怪剛才影子弟弟跟黑影一打招呼，黑影在飽受驚嚇中立刻閃進灌木叢之後竟會那麼地生氣。

聽完黑影的解釋，影子弟弟呆了半天才愣愣地說：「原來——你的主人不是好人？」

「可是他的本質並不壞的！」黑影立刻分辯道。

「那他為什麼要當小偷呢？」

面對影子弟弟無比天真卻也無比真實的問題，黑影真不知道該如何回答。如果影子會臉紅的話，此刻他真會紅得非常難看。

「我想——」黑影說：「大概是因為他太眼高手低，又有一點好吃懶做吧——我聽別人都這麼說——以前主人的爸爸媽媽還活著的時候，還有人照顧他，後來，他們死了，他的日子就愈來愈難過。終於，他沒錢了，可是又需要錢去買米買麵包——所以，他就這樣了——」

黑影實在不忍心說自己的主人是賊，是小偷。

說著說著，黑影不禁重重地嘆了一口氣，無限惋惜地說：「真的好可惜啊！」

影子弟弟默默地離開了黑影。在影子弟弟都已離開好一會兒了，黑影仍然蹲在灌木叢旁邊，低著頭，好像仍在苦苦思索主人究竟是如何一步一步走到如今這般田地？

不知不覺，已經是晚上了。影子弟弟經過一個湖邊，看到湖中月亮的倒影，覺得非常好看，便停下來仔細欣賞。

　　看著看著，影子弟弟覺得在月亮倒影的旁邊，好像模模糊糊有一點什麼……

　　一個影子忽然無聲無息地從湖裡閃了出來，坐在影子弟弟的旁邊。

　　影子弟弟沒被嚇著，反而高興地說：「嘿，我就覺得好像是一個影子嘛！」

　　「不過，我可不是一個普通的影子喔。」

　　「哦？」影子弟弟看著他，覺得他看起來跟自己先前碰到的幻影和黑影好像沒什麼不同嘛。

　　「我是一個鬼影。」

　　「鬼影？」影子弟弟機械性地重覆著。

　　影子們都長得差不多，更何況鬼影的口氣聽起來這麼和氣，影子弟弟又對鬼影看了一看，一點兒也沒感到害怕。

　　不過，影子弟弟還是想弄清楚，便直接了當地問道：「鬼影的意思是不是鬼的影子啊？」

　　「沒錯呀。」鬼影點點頭。

　　「就是說你的主人是鬼？你的主人已經死

了？」

「完全正確。這是當然的嘛！」

「好可憐噢！」影子弟弟說；停頓了幾秒，
又忍不住好奇地追問：「他是怎麼死的？」

「累死的。」鬼影說。

這個答案令影子弟弟有些無法想像，
只得再問：「怎麼會累死的呢？」

鬼影說：「他是一個探險家，去過很多地方，在一次穿越沙漠的過
程中，他和同伴不小心迷失了方向，後來又耗盡了汽油，大家只好下車
徒步，希望走出沙漠，可惜最後都沒有成功。」

「沙漠？這附近有沙漠？」

「不，當然是在很遠很遠的地方。」

鬼影頓了半晌，繼續說：「我的主人是一個意志非常堅定的人，眼看他的同伴一個一個地倒下了，他還是拚命堅持著⋯⋯他是最後一個倒下的人。」

影子弟弟試著想像著那些畫面⋯⋯他覺得實在是太慘了，簡直教人不忍再想下去。

鬼影還在說：「在最後那一段時光，在浩瀚無垠的沙漠中，放眼望去，什麼都沒有，只有我和我的

主人……老天爺知道我已經盡了最大的努力陪伴我的主

人，支持我的主人……」

　　「你好厲害喔。」影子弟弟說。他隱隱約約也有點

感覺到這麼說似乎並不是很恰當，但如果不這麼說，又不

知道該怎麼說。

　　可是，面對影子弟弟的讚美，鬼影卻只是淡淡地說：「這是我的責

任啊，身為影子，本來就該陪伴主人到最後一秒鐘的，對了——」

　　鬼影停頓了片刻，「你的主人是怎麼死的？」

　　「什麼？」影子弟弟嚇了一大跳。

　　鬼影以為影子弟弟沒聽清楚，又問了一遍：「你的主人是怎麼死

的？」

「不不不，他沒死，他活得好好的。」影子弟弟急急忙忙地說：「現在這個時候，他應該是在看卡通，要不然就是和他哥哥玩吧！」

「什麼？」一聽影子弟弟這麼說，輪到鬼影大吃一驚，「既然你的主人沒死，為什麼你會在這裡呢？」

「啊，你的意思是──」

「我們影子和主人應該是至死才能分離呀！」

「那──那──那如果主人沒死就分離的話會怎麼樣啊？」

影子弟弟感到非常惶恐；他已經感覺到事情有些嚴重了。

「如果只是短暫的分離倒還不要緊，只是在影子離開的

那段期間，主人會顯得特別沒精神，可是人是不能沒有影子的，這會對他的健康非常不利，所以，一旦影子離開太久，主人便會自動產生一個自我保護機能，那就是『影子再生』。」

「影子再生？」影子弟弟猛然想起，對啊，媽媽影子不是說過好像有這麼回事。

「是的，影子再生。」鬼影說：

「只要再生了影子，主人的健康就不會受到威脅了。」

「那——本來的那個影子呢？」

「就沒有用處了，它會徹底變成一個遊魂，在世間遊蕩了一陣子之後，就會自然而然地完全消散……」

鬼影還沒說完，影子弟弟就已嚇得大叫起來：「哇！我不要！」

鬼影看看他，「真是的，一開始我還以為你也是一個鬼影呢，沒想到你不是──告訴我，孩子，你離開主人多久了？」

「我──我不確定──應該沒有多久吧？大概頂多一天吧──」

「一天？我的老天爺！這已經太久了！難道你不知道，若是我們主動離開主人，只要三個小時，主人就足以再生出一個新的影子來了！」

「啊！我不知道，我不知道啊！」影子弟弟大驚，「三個小時太短了啊！」

69

「問題是一天只有二十四個小時呀，三個小時是一天的八分之一，一天之中這樣無所事事地閒晃三個小時已經是太浪費了！而且——我猜你一定也不知道我們影子可以日行千里吧？如果你已經離開主人這麼久，你離家就已經很遠很遠了！」

「什麼？我不知道，我真的不知道啊！」

這時，影子弟弟想起影子媽媽曾經叮嚀他要記得回家，影子哥哥也叫他別跑得太遠，可是他壓根兒就沒放在心上……想著想著，影子弟弟真的好後悔好後悔！

「孩子啊，」鬼影說：「你什麼都不知道，

怎麼就敢出來亂跑啊！要知道，『無知』是一個很
可怕的敵人啊！」

「那怎麼辦？那怎麼辦！我要回家！我要回
家啊！」影子弟弟驚慌失措，一點主意也沒有，只
能拚命向鬼影求助。

「孩子，你別慌，讓我想想看——如果我們能趕快把你送回家，也
許還可以碰碰運氣，只要你的主人還沒有再生出影子，你就還有機會回
到主人的身上去——對了，你主人家有沒有碰過停電？」

「停電？應該有啊。」影子弟弟不明白鬼影怎麼會突然問起這個無
關緊要的問題。

71

實際上當然不是無關緊要，而是至關重要。

鬼影繼續問：「停電的時候，你主人家都做些什麼？」

「嗯──主人的媽媽會跟他們講故事──」

「會不會玩手影？」

「手影？對，有的，主人的媽媽會利用燭光玩手影給他們看。」

「好，我知道我們現在應該去哪裡想辦法，快跟我走！」

　　說著，鬼影就牽著影子弟弟的手，帶著他飛呀飛的，飛到了一座小島。

　　島上有一座小山，鬼影帶著影子弟弟來到山腳下，那兒有一個山洞。

　　山洞的洞門並沒有鎖，鬼影輕輕一推就開了。

　　裡面是一個圓形的空間，中間空蕩蕩的，四周牆壁則全是一個一個的小抽屜，密密麻麻，一排又一排。

　　影子弟弟指著那些小抽屜問：「那裡面都放些什麼呀？」

　　「『陰影』，各式各樣的『陰影』，來自各式各樣的人。凡是被主人去除下來的『陰影』，都要被鎖在抽屜裡。」鬼影一邊說，一邊帶領著影子弟弟往前走，來到第二扇門。

　　第二扇門同樣沒有上鎖，同樣是輕輕一推就開了。

　　裡頭看起來和前面那個洞室差不多，除了四周難以數清的小抽屜之

外，什麼也沒有。不過影子弟弟注意到這個洞室的抽屜似乎都比較大。

「那裡面又放些什麼？」影子弟弟又問。

「『魅影』，各式各樣奇奇怪怪的魅影，不過多半都是它們的主人自己嚇自己所製造出來的。」

鬼影帶著影子弟弟繼續往前走，走到第三個洞門。

在把洞門推開之前，鬼影說：「希望裡面會有我們所需要的東西。」

那會是什麼呢？影子弟弟猜不透。

影子弟弟正在思索的時候，鬼影已經推開了洞門——

一陣陣嘆哧的聲音此起彼落，熱鬧非凡。

影子弟弟定睛一看──這個洞室是最後一個洞室了，四周空蕩蕩的，沒有任何一個抽屜，倒有一個一個整整齊齊的小洞穴。許多許多小鳥形狀的手影正在偌大的洞室裡翻飛起舞。

　　影子弟弟猜想，那些小洞穴一定就是小鳥手影的家。

　　這是一群快樂的手影，因為它們都是在充滿歡樂和溫馨的氣氛之下誕生的。

　　手影們立刻就發現了鬼影和影子弟弟。他們對鬼影好像不以為意，注意的焦點都在影子弟弟身上。

　　「有一個小孩的影子來了！」

　　「真可愛啊，還是小孩的影子最可愛！」

小鳥手影們紛紛盤旋在影子弟弟的腦袋上方，

一邊瞧著他，一邊嘰嘰喳喳，大家都非常開心。

「請大家聽我說，」鬼影朝著小鳥手影們大聲

說道：「有沒有人能夠認出來這是誰家的小孩？他離家太

遠，回不了家，他的媽媽手影在這裡嗎？」

手影的生命有限，只能維持一段時間，所以鬼影並

不能確定能不能在這裡找到影子弟弟的媽媽手影。

「回不了家，好可憐噢！」手影們七嘴八舌。

它們都想幫助這個影子小孩，但是，只有他的媽媽手影幫得了他。

鬼影又問：「有沒有呢？他的媽媽手影在不在？」

　　影子弟弟的心裡好著急。他很
想找到媽媽手影，可是手影們看起來
都太像了！

　　終於，有一個聲音不大確定地說：
「這好像是我的小寶貝呀——」

　　影子弟弟一聽，立刻精神大振！——儘管這
個聲音聽起來是不大確定，影子弟弟卻是一聽
就認出來了——這分明就是媽媽的聲音呀！

　　「媽媽！媽媽！」影子弟弟趕快大叫。

　　這一叫，媽媽手影也聽出來

了，趕快飛近，非常驚訝地說：「孩子，真的是你啊！真想不到！你怎麼會跑到這裡來？對了，你不是應該在上學嗎？你不上學跑到這裡來幹什麼？」

「媽媽，那種事以後再說吧！」影子弟弟急得要命，「現在趕快帶我回家啦！」

「他說得對，」鬼影也對媽媽手影說：「趕快帶他回家吧，希望還來得及，否則萬一他的主人已經再生了新的影子可就糟了！」

「也是，」媽媽手影對影子弟弟說：「孩子，趕快抓好我的尾巴，我們走吧！」

他們離開了山洞，離開了小島，離開了鬼影和一大堆的小鳥手影，

飛呀飛呀很快就飛回了家。

到家的時候，已經是深夜了。媽媽手

影把影子弟弟直接帶到他的主人以及主人哥哥的房間。

小兄弟已經熟睡了，但是影子哥哥還醒著。

「太好了，你回來了！」影子哥哥馬上衝過來抱住影子弟弟。

「是媽媽的手影帶我回來的。」影子弟弟急著問影子哥哥：「我的

主人有沒有再生新的影子？」

影子哥哥說：「算你運氣好，今天上午就在你走後沒有多久，突然

變天了，還下起了雨，後來雖然雨停了，但一整天都是陰陰的，沒有太

陽，也幸好沒有啦，要不然你的主人也許就會再生新的影子了。」

「不是『也許』，是一定！」影子弟弟說：「我現在才知道，原來只要離開主人三個小時，主人就會再生新的影子。」

　　「三個小時？」影子哥哥也嚇了一跳，「這麼短的時間啊！」

　　「可不是，以後我再也不敢亂跑了！」

　　「孩子們——」媽媽手影呼喚著，聲音聽起來很虛弱。

　　影子兄弟倆趕快圍過來，「妳怎麼了？」

　　「我——我很累——我需要補充一下體力——幫我把

桌上的檯燈打開，然後讓它照著牆壁——」

影子兄弟趕緊照做。

媽媽手影便飛到那面牆壁上——這裡就是它誕生的地方，它至今還清楚地記得，那是一個多麼愉快的夜晚啊！

媽媽手影在牆壁上呆了半晌。

「嗯，我現在覺得體力完全恢復了，我得走了。」媽媽手影說，並特別叮嚀影子弟弟：「以後可不要再亂跑了噢！」

「不會了啦。」影子弟弟怪不好意思的。

影子兄弟倆目送著媽媽手影緩緩離去；媽媽手影離去的時候飛得特別慢，大概是有點兒捨不得他們吧。

稍後，影子哥哥迫不及待地告訴影子弟弟：「嘿，今天咱們家發生了大新聞呢！」

　　「什麼事啊？」

　　「媽媽罷工了一整天！晚上爸爸回來，看到我們都吃飽了，可是沒留他的飯菜，而且餐桌也沒收，客廳也沒整理，什麼都亂七八糟，連衣櫃也很亂，爸爸要洗澡的時候連換洗衣服也找不到，爸爸很生氣，就問媽媽：『妳今天在家到底做了什麼？』」

　　「媽媽怎麼說？」

　　「媽媽說：『你每天都這麼問，好像我在家什麼也沒做，今天我差不多就是什麼也

沒做，只是把兩個小鬼都餵飽了，所以就是你現在看到的樣子。』」

影子弟弟突然很能理解媽媽的心情，有感而發道：「媽媽一定也很希望有機會能出去走走。」

「是啊，」影子哥哥說：「我也這麼想。」

「明天我就告訴她——告訴她的影子，有時候出去走走還是滿有意思的，只是別離開太久就好。」

「對了，告訴我你今天都碰到了些什麼吧。」

「好啊，我首先碰到一片樹影⋯⋯」

寧靜的夜晚，床上的小兄弟睡得很熟，他們的影子則坐在一起，聊得很開心呢。

國家圖書館出版品預行編目資料

影子不上學／管家琪著；曹俊彥繪圖 . -- 初
　　版. -- 台北市： 幼獅, 2007.12
　　　面； 　公分. --（新High兒童）

ISBN 978-957-574-686-5（平裝）

859.6　　　　　　　　　　96020748

・新High兒童・童話館・1・

影子不上學

作　　　者＝管家琪
繪　　　圖＝曹俊彥
出 版 者＝幼獅文化事業股份有限公司
發 行 人＝李鍾桂
總 經 理＝廖翰聲
總 編 輯＝劉淑華
編　　　輯＝林泊瑜
美術編輯＝裴蕙琴
總 公 司＝(10045)台北市重慶南路1段66-1號3樓
電　　　話＝(02)2311-2836
傳　　　真＝(02)2311-5368
郵政劃撥＝00033368

門市
●松江展示中心：(10422)台北市松江路219號
　電話：(02)2502-5858轉734　傳真：(02)2503-6601
●苗栗育達店：(36143)苗栗縣造橋鄉談文村學府路168號（育達商業科技大學內）
　電話：(037)652-191　傳真：(037)652-251

印　　刷＝欣佑彩色製版印刷股份有限公司　　　幼獅樂讀網
定　　價＝250元　　　　　　　　　　　　　　http://www.youth.com.tw
港　　幣＝83元　　　　　　　　　　　　　　e-mail:customer@youth.com.tw
初　　版＝2008.01
五　　刷＝2010.08
書　　號＝987172
I S B N＝978-957-574-686-5

基本資料

姓名：＿＿＿＿＿＿＿＿＿＿＿＿＿＿先生／小姐

婚姻狀況：□已婚 □未婚　職業：□學生 □公教 □上班族 □家管 □其他

出生：民國＿＿＿＿＿年＿＿＿＿＿月＿＿＿＿＿日

電話`：（公）＿＿＿＿＿＿（宅）＿＿＿＿＿＿（手機）＿＿＿＿＿＿

e-mail：＿＿＿＿＿＿＿＿＿＿＿＿＿＿＿＿

聯絡地址：＿＿＿＿＿＿＿＿＿＿＿＿＿＿＿＿

1.您所購買的書名：**影子不上學**

2.您通常以何種方式購書?：□1.書店買書　□2.網路購書　□3.傳真訂購　□4.郵局劃撥
（可複選）　□5.幼獅門市　□6.團體訂購　□7.其他

3.您是否曾買過幼獅其他出版品：□是，□1.圖書 □2.幼獅文藝 □3.幼獅少年
□否

4.您從何處得知本書訊息：□1.師長介紹　□2.朋友介紹　□3.幼獅少年雜誌
（可複選）　□4.幼獅文藝雜誌 □5.報章雜誌書評介紹＿＿＿＿＿＿＿報
□6.DM傳單、海報　□7.書店　□8.廣播（　　　　　）
□9.電子報、edm　□10.其他

5.您喜歡本書的原因：□1.作者 □2.書名 □3.內容 □4.封面設計 □5.其他

6.您不喜歡本書的原因：□1.作者 □2.書名 □3.內容 □4.封面設計 □5.其他

7.您希望得知的出版訊息：□1.青少年讀物 □2.兒童讀物 □3.親子叢書
□4.教師充電系列 □5.其他

8.您覺得本書的價格：□1.偏高 □2.合理 □3.偏低

9.讀完本書後您覺得：□1.很有收穫 □2.有收穫 □3.收穫不多 □4.沒收穫

10.敬請推薦親友，共同加入我們的閱讀計畫，我們將適時寄送相關書訊，以豐富書香與心靈的空間：
(1)姓名＿＿＿＿＿e-mail＿＿＿＿＿電話＿＿＿＿＿
(2)姓名＿＿＿＿＿e-mail＿＿＿＿＿電話＿＿＿＿＿
(3)姓名＿＿＿＿＿e-mail＿＿＿＿＿電話＿＿＿＿＿

11.您對本書或本公司的建議：

廣 告 回 信
台 北 郵 局 登 記 證
台北廣字第942號

請直接投郵　免貼郵票

10045　台北市重慶南路一段66-1號3樓

幼獅文化事業股份有限公司　收

請沿虛線對折寄回

客服專線：02-23112836分機208　傳真：02-23115368
e-mail：customer@youth.com.tw
幼獅樂讀網http://www.youth.com.tw